Von Werner Hüper sind außerdem erschienen:

Die junge Frau mit Körbchen C ….
und die ganze Welt in Versen
ISBN: 9783734752872

*

Golf – Terrassengespräche
Berichte vom 19. Loch
ISBN: 9783734761454

*

Falsche Freunde
Kriminalroman
ISBN: 9783738616743

*

Vom Kreißsaal bis zum Alterssitz
Ein Leben in Versen
ISBN: 9783738646801

*

Kiez und Küste
Kriminalroman
ISBN: 9783739246635

*

Heißer Sex und Tiefkühlkost
Kriminalroman
ISBN: 9783744869317

*

Die Welt der Tiere
Humorvolle und besinnliche Verse über Tiere
ISBN: 9783752860818

*

Für die Zukunft ist es bald zu spät!
Hat die Jugend eine Chance, wenn die Politik versagt?
ISBN: 9783749455362

*

**Werner Hüper**

# Männergrippe

## und andere Katastrophen

Impressum:

Bibliografische Information der Deutschen Nationalbibliothek:

Die Deutsche Nationalbibliothek verzeichnet diese Publikation in der Deutschen Nationalbibliografie; detaillierte bibliografische Daten sind im Internet über www.dnb.de abrufbar.

© 2019 Werner Hüper

Herstellung und Verlag: BoD – Books on Demand, Norderstedt

ISBN: 9783732295555

**Inhalt:** **Seite**

| | |
|---|---|
| Männergrippe | 7 |
| Führerscheinprüfung | 10 |
| Wertewandel | 13 |
| Mahlzeit | 17 |
| Kindheit im Wandel | 18 |
| In der Warteschlange | 22 |
| Diäten | 24 |
| Erdbeeren im Dezember | 26 |
| Die Natur macht, was sie will | 30 |
| Massentierhaltung im Flugverkehr | 32 |
| Plattenbau auf See | 36 |
| Von daher….Woher? | 40 |
| US-Kultur | 42 |
| Verkehrswege für Handybenutzer | 46 |
| Kavaliers-Malus | 52 |
| Die ideale Besetzung für den Beifahrersitz | 55 |
| Mit dem SUV zurück in die Steinzeit? | 58 |
| Erdkunde | 61 |

\*\*\*

## Männergrippe

Auf die Errungenschaften der Medizin ist es zurückzuführen, dass die durchschnittliche Lebenserwartung in Deutschland in den letzten Jahren deutlich gestiegen ist. Allerdings haben Frauen auf ein deutlich längeres Leben zu hoffen als Männer. (Quelle: Statistisches Bundesamt)

Dieses Phänomen bedarf natürlich näherer Betrachtung. Ein Anhaltspunkt für eine Erklärung ergibt sich aus der Tatsache, dass Männer allgemein als weniger belastbar, als „wehleidiger" gelten, als Frauen. Diese durch nichts belegbare These wird aus naheliegenden Gründen vornehmlich von Frauen verbreitet. Häufig wird als Beleg für diese unhaltbare Behauptung der Hinweis auf eine Geburt bemüht. Die Geburt nämlich sei ein so schmerzhaftes Erlebnis, dass es von Männern kaum zu ertragen wäre. Manche von weiblichen Zeitgenossen verbreitete, meist bissigen Beiträge gehen sogar so weit zu behaupten, dass die Menschheit bereits ausgestorben wäre, wenn Männer die Kinder bekommen müssten.

Die folgenden Zeilen werden erläutern, warum dieser wenig fundierten, die Männer diskriminierenden Nachrede, jeglicher Wahrheitsgehalt abgesprochen werden muss.

Dem meist Glück bringenden Zustand der Schwangerschaft wird mit Recht besondere Bedeutung beigemessen. Allerdings werden sowohl kompetente Vertreter aus der Medizinbranche als auch die meisten in froher Erwartung befindlichen Damen nicht müde zu behaupten, eine Schwangerschaft sei doch keine Krankheit, sondern ein ganz normaler Vorgang, ein Teil des Lebens.

Gleichwohl erfährt die werdende Mutter während der Schwangerschaft und anlässlich der Geburt einen Umfang an umsorgender Anteilnahme durch Angehörige und Freunde einerseits und medizinischer Betreuung andererseits, wie er bei Männern, die wirklich schwer erkrankt sind, durchaus seltener zu beobachten ist.

Zu nennen ist hier die Männergrippe, die in unvergleichlicher Art und Weise das Wohlbefinden von Männern nachhaltig beeinträchtigen kann. Oft sind die betroffenen Kreaturen in diesem bemitleidenswerten Zustand sich selbst überlassen. Es steht auch nicht, wie bei Schwangeren, eigens ein Berufsstand zur Hilfe bereit. Nein, auf Hilfen wie sie etwa Hebammen zu leisten willens und in der Lage sind, müssen die schwerkranken Männer verzichten. Dabei ist eine Geburt deutlich schneller überstanden als die äußerst hartnäckige Männergrippe. Oder hat man jemals von einer Geburt gehört, die eine Woche oder länger dauerte?

Selbst wer gesehen hat, welche Leiden eine derartige Männergrippe bei dem Betroffenen verursachen kann, wer erlebt hat, wie der Schwerkranke den Begleiterscheinungen wie schmerzende Glieder, Schnupfen, Halsschmerzen, Fieber, Schüttelfrost und Todesangst zu trotzen versucht, kann nur in Ansätzen eine Vorstellung davon entwickeln, was der Mann durchmachen muss.

Wer nicht selbst diese schwere Krankheit mit all ihren Nebenerscheinungen durchlebt hat, kann wohl auch nicht einschätzen, dass sich derartige Schicksalsschläge zwangsläufig auf die Lebenserwartung auswirken müssen.

Die vorstehenden Zeilen sollen nicht zuletzt ein Appell an die Medizin und die einschlägigen Forschungsinstitute sein, sich dringend dem Problemkreis „Männergrippe" anzunehmen und nichts unversucht zu lassen, vorbeugende Maßnahmen, psychologische Hilfen und geeignete Behandlungsmethoden zu erforschen.

> Ist es nicht wirklich eine Schande,
> dass keine Frau im ganzen Lande,
> jemals nur erahnen kann,
> wie es geht dem kranken Mann?
> Männergrippe ist gemeint,
> die die Männerwelt vereint.

Fieber, Schüttelfrost und Schmerzen
gehen Frauen nicht zu Herzen.
Mit Todesangst liegt er im Bett,
ein wenig Trost von ihr wär' nett.
Doch nichts dergleichen fällt ihr ein,
er bleibt in seiner Not allein.

Die Männergrippe trifft ihn schwer,
da braucht er ihre Hilfe sehr.
Es ist doch nicht zu viel verlangt,
dass sie an seinem Lager bangt?
Ihn pflegt und ihn am Leben hält,
das ist es doch, was letztlich zählt!

\*\*\*

**Führerscheinprüfung**

So mancher Verkehrsteilnehmer wird sich mit unguten Gefühlen an seine eigene Führerscheinprüfung erinnern. Nach einer mit Ach und Krach bestandenen theoretischen Prüfung, in der vielleicht am eigenen, ganz sicher aber am Verstand der für den Fragebogen Verantwortlichen gezweifelt wurde, gab es vielleicht ein glückliches Zwischenergebnis, das aber den Respekt vor der praktischen Prüfung keineswegs geschmälert hatte.

Wer die Prüfung im ersten Durchgang bestanden hat, kann sich sicher glücklich schätzen. Ganz anders als die junge Dame, die vor einiger Zeit in der Sendung bei Günter Jauch den etwas holprigen Weg zu ihrem Führerschein vor laufenden Kameras schilderte.

Offensichtlich hatte sie den mit vielen Hindernissen gepflasterten Weg zur Führerscheinbesitzerin inzwischen ziemlich gut verkraftet, denn sie erzählte in aufgekratzter Stimmung, was sich zugetragen hatte.

Ja, sie hätte einen Führerschein, sei allerdings nicht weniger als 3 Mal durch die praktische Prüfung gerasselt. Wie konnte das passieren?

Der erste Versuch scheiterte kläglich, als sie sich vornahm, eine Einbahnstraße in falscher Richtung zu „bezwingen".

Der zweite Anlauf nahm ein abruptes Ende, weil sie in einem Anflug von Konzentrationsmangel den durchgezogenen Mittelstreifen zwischen die Räder nahm und die gesamte Straßenbreite für sich beanspruchte. Der kleinliche Prüfer wollte das nicht durchgehen lassen.

Nach angemessener Wartezeit durfte sie zu einem neuerlichen Prüfungstermin antreten, nicht ohne ein gerüttelt Maß an Nervosität. Aber alle guten Dinge sind ja drei, so dachte sie. Heute sollte es gelingen. Es ging auch alles gut, bis zu dem Zeitpunkt, als ein Polizeifahrzeug im selben Moment wie sie auf eine Kreuzung zurollte.

Bedauerlicherweise befand sich das Fahrzeug der Ordnungshüter auf einer Vorfahrtstraße, ein Umstand, dem sie nur unwesentliche Bedeutung beimaß. Der uneinsichtige Prüfer befand, einem Polizeifahrzeug die Vorfahrt zu nehmen, sei ein Fahrfehler der schwereren Art. Sie sei erneut durch die Prüfung gefallen.

Die Erklärung, sie hätte inzwischen aber doch den Führerschein geschafft, ging im Gelächter der Zuschauer im Studio unter.

Die Moral: Auch in vermeintlich hoffnungslosen Situationen sollte man niemals aufgeben.

\*\*\*

## Wertewandel

Früher war alles besser! Das hört man immer wieder, allerdings vornehmlich von der älteren Generation. Auf konkrete Nachfrage, was denn früher besser war, erhält man häufig wenig präzise Antworten. Sind es die wirtschaftlichen Verhältnisse, die für einen großen Teil der Bevölkerung wegen der offensichtlichen „Verteilung von unten nach oben" unsicherer geworden sind? Oder betrifft es die politischen Verhältnisse mit immer neuen Krisen? Krisen, mit denen wir dank unentschlossener und teilweise unfähiger Politiker immer wieder konfrontiert werden?

Sollte nach den Schrecken des 2. Weltkriegs mit all seinen fürchterlichen Folgen der Frieden in der Welt nicht den allerhöchsten Wert an sich bedeuten? Trotzdem gibt es einflussreiche Politiker, die es immer noch - oder wieder - für einen erfolgversprechenden Weg halten, Frieden mit noch mehr Waffen zu schaffen.

Die Zeiten werden unruhiger, nicht zuletzt, weil es auf dem gesamten Kontinent eine bedrohliche Entwicklung gibt, in der rechte Positionen mehr und mehr salonfähig und grundlegende Veränderungen auslösen werden. Besondere Werte wie Nächstenliebe, Menschlichkeit und Hilfsbereitschaft verlieren immer mehr an Bedeutung, weil die verantwortlichen Politiker nicht in der Lage oder willens sind, sich selbst so zu verhalten, dass sie für die breite Bevölkerung als Vorbilder wirken können. Die unmittelbare Folge ist eine beklagenswerte Politikverdrossenheit, die sich in geringen Wahlbeteiligungen und dem Gefühl vieler Wähler dokumentiert, man könne ja ohnehin nichts ändern.

Betrachtet man die letzten Jahrzehnte, gibt es allerdings nicht nur den in der Politik wahrzunehmenden Verfall von Werten und Moral. In den 80er-Jahren zog ein Politiker in das Kanzleramt ein, der zum Amtsantritt als ein zentrales Ziel einen „Wertewandel" ausrief. Im Nachhinein kann man feststellen, dass er wenigstens in diesem Punkt sein Versprechen eingehalten hat. In etlichen anderen Situationen während seiner 16-jährigen Kanzlerschaft lässt sich das leider über ihn nicht behaupten.

Und wie wirkt sich nun dieser „gelungene" Wertewandel im täglichen Leben aus? Die Älteren unter uns werden sich noch erinnern, dass z.B. in öffentlichen Verkehrsmitteln durchaus zu beobachten war, wie etwa ein junger Mann einer älteren Dame den Platz frei machte. Oder wie einer Dame von ihrem Begleiter die Autotür geöffnet wurde. Gut, das kann es auch heute noch geben. Aber dann wird entweder die Frau oder das Auto „neu" sein.

Auch wenn man sich dazu bekennt, „mit der Zeit zu gehen", die Sitten und Gebräuche haben sich mitnichten in allen Belangen zum Guten gewendet. Der Umgang der Menschen untereinander hat in bedauernswerter Weise gelitten. Allein das Thema Kommunikation bietet viele Beispiele für veränderte Umgangsformen, die meisten eher weniger erstrebenswert.

      Einst setzte man sich ruhig hin
      und formulierte, meist mit Sinn.
      Das war, als man noch Briefe schrieb
      und dabei meist auch höflich blieb.

      Fehlerfrei zu formulieren,
      damit konnte man sich zieren.
      Heute ist das nicht mehr üblich,
      das ist überaus betrüblich.

      Man kontaktet elektronisch,
      Rechtschreibschwäche ist schon chronisch.
      Grammatik wird nicht mehr verlangt,
      daran die Sprache heute krankt.

Bei Facebook, Twitter und dergleichen,
da kann man Freunde schnell erreichen.
Was sich schon lang nicht mehr geziemt,
sind Briefe, die längst ausgedient.

Und was die Werbung uns beschert,
ist doch das Honorar nicht wert.
Wahr soll doch die Werbung sein,
doch das ist sie nur zum Schein.

Die Werbung zeigt uns beinah täglich,
dass Werbetexter oft sehr kläglich
unsere Sprache schlimm verbiegen,
nur um ein Honorar zu kriegen.

Der Konsument nimmt selten wahr,
dass alles eine Lüge war.
In der Sprache sie entgleisen,
wenn sie ein Produkt anpreisen.

Dabei sollten wir bedenken,
es wird uns niemand etwas schenken.
Es kostet doch am Ende nur
unsere deutsche Sprachkultur.

\*\*\*

**Mahlzeit**

Trotz des bereits geschilderten Sittenverfalls befleißigen sich noch immer vermeintlich gut erzogene Zeitgenossen halbwegs gepflegter Umgangsformen. So gebietet es die Höflichkeit, Menschen, denen man in einem geschlossenen Raum begegnet, etwa beim Betreten eines Ladens, einer Arztpraxis oder eines Amtes, mit einer angemessenen Grußformel zu bedenken.

Je nach Region in Deutschland sind dabei die unterschiedlichsten Versionen zu hören, wie etwa das süddeutsche „Grüß Gott", in Bayern oft in ein für Fremde meist unverständliches „Griaß God" verwandelt, oder die schwäbische Variante „Griaß Goddle midanandr".

Etwas einfacher macht man es sich in Norddeutschland, wo ein „Moin, Moin" reicht, und zwar zu jeder Tageszeit. Ortsfremde sind über die Tatsache, z.B. am Nachmittag einen vermeintlichen Morgengruß zu hören, leicht irritiert. Hierbei handelt es sich jedoch um einen Gruß plattdeutscher Herkunft, der von **moi** „angenehm, gut, schön" kommt, wie vielfach angenommen wird.

Im Norden von Schleswig Holstein unterstellt man beim Gebrauch von „Moin, Moin" allerdings eine gewisse Geschwätzigkeit und gibt sich mit einem einfachen „Moin" zufrieden.

Vielerorts hört man um die Mittagszeit häufig den sicher gut gemeinten Gruß „Mahlzeit". Es drängt sich der Verdacht auf, dass hiermit der unmissverständliche Hinweis gemeint ist, dass man dem Gegenüber für das wohl anstehende Mittagessen „Guten Appetit" wünsche. Diese Vermutung erleidet allerdings dann einen Rückschlag, wenn einem der kernige Gruß „Mahlzeit" entgegengeschmettert wird, während man gerade in aufrechter Haltung vor dem Pissoir auf der Herrentoilette Erleichterung sucht, was weniger mit dem Genuss einer schmackhaften Mahlzeit zu tun hat.

Dem Verfasser entzieht sich aus naheliegenden Gründen die Kenntnis darüber, ob derlei deplatzierte Grußformel auch auf Damentoiletten gebräuchlich ist. Auf den „Örtchen", die den Herren vorbehalten sind, hört man sie leider viel zu oft.

\*\*\*

**Kindheit im Wandel**

Nur die älteren unter den Lesern können annähernd ermessen, welchen Belastungen Kinder heute im Vergleich zu früher ausgesetzt sind. Belastungen, die bereits mit Überforderungen im Vorschulalter beginnen und in den folgenden Jahren ins Unerträgliche gesteigert werden.

Wer den Vorzug genießen durfte, in früheren Jahren seine Kindheit zu erleben, kann vergleichen und das wahre Ausmaß des schweren Loses einschätzen, welches Kinder heute trifft.

Damals war die erste Verpflichtung der Termin zur Einschulung. Bis dahin wurde man nicht in den Kindergarten gebracht, sondern man spielte mit Freunden.

Die Vorschule war unbekannt. Ebenso wenig drohten Klavier- oder Geigenunterricht. Dass Mädchen zur Ballettschule gingen, hörte man allenfalls aus „besseren Kreisen".

Am Tag der Einschulung erlebte man das erste und häufig das letzte Mal, dass man von der Mutter zur Schule gebracht wurde. Wie schwer ist es wohl für heutige Erstklässler zu ertragen, selbst den kürzesten Weg zur Schule gemeinsam mit der Mutter im SUV zurücklegen zu müssen? Und zu erleben, wie Mütter neidisch auf den nebenan parkenden SUV starren, der 25 cm länger und möglicherweise mit mehr Hubraum ausgestattet ist.

Der Heimweg nach der Schule war früher oft das reinste Abenteuer, weil die eine oder andere Spieleinlage unaufschiebbar war. Der folgende „freundliche" Empfang zu Hause führte natürlich nicht etwa zur nachhaltigen Verbesserung. Im Gegenteil, man wurde zwangsläufig zum Wiederholungstäter.

„Wo bleibst du denn, das Essen ist seit einer halben Stunde fertig?" Diesen Hinweis hörte man häufiger, lediglich der Umfang der Verspätung variierte. Ein Erlebnis, das den Schülern heute nur allzu oft verwehrt wird. Die moderne Version ist dann schon eher: „Wenn du dich das nächste Mal verspätest, rufst du bitte vorher an."

Nach der Schule und nach der eventuellen Erledigung von Hausaufgaben ging es nach draußen. Man hatte genug Zeit, mit Freunden zu spielen, die man ohne Verabredung traf. Auf dem Land waren Häuser und Wohnungen von Freunden wegen unverschlossener Türen einfach zugänglich. Man traf sich ohne vorherige telefonische Absprachen.

Fußball und Völkerball waren die Favoriten. Aber auch „Schnitzeljagd" und „Räuber und Gendarm" im nahen Wald waren beliebte Varianten. Die Eltern machten sich keine Sorgen. Mit Einbruch der Dunkelheit war man wieder zu Hause.

Heute müssen Kinder ihre Freizeit in ihrem Zimmer am Computer verbringen, damit sie am nächsten Tag aktuell informiert sind. Wer den Anschluss verpasst, ist „uncool".

Das gab es früher nicht; wer sich nicht gruppenkonform verhielt, war allenfalls ein „Streber". Kein Smartphone löste die gefühlte Verpflichtung aus, im Netz präsent zu sein. Auch die Befürchtung Wichtiges zu verpassen, war unbekannt. Heute gibt es kaum noch Spielraum für Aktivitäten, die für die Persönlichkeitsentwicklung so bedeutsam sind.

In der Schule hatte man mit den erzielten Zensuren zu leben. Von den Eltern gab es bei schlechten Noten folgerichtig eher Kritik als Lob. Wie unwohl müssen sich Kinder heute fühlen, deren Eltern bessere Noten mit Unterstützung von Anwälten zu erzwingen suchen? Derlei abwegige Versuche wurden früher nicht unternommen. Da wurden Lehrer noch respektiert und nicht verklagt!

\*\*\*

**In der Warteschlange**

Wer kennt die Situation nicht? An der Kasse im Supermarkt bilden sich lange Schlangen. Naheliegend wäre es, einfach eine weitere Kasse zu öffnen? Weit gefehlt. Dafür, dass heute mit den Sonderangeboten wieder alle Rekorde geschlagen werden und der örtliche Konkurrent deutlich unterboten werden kann, muss eben am Personal gespart werden. Als Kunde hat man nun mehrere Möglichkeiten.

1. Man ärgert sich, beschließt beim nächsten Einkauf zum Wettbewerb zu wechseln, um dort das gleiche Prozedere zu erleben.

2. Man ärgert sich, beschwert sich, und erreicht, dass nach geraumer Zeit eine weitere Kasse geöffnet wird. Von dieser Maßnahme profitieren leider nur andere Kunden, selbst hat man sich in einer der Warteschlangen bereits soweit vorgewartet, dass ein Wechsel zur neu eröffneten Kasse nicht mehr lohnt.

3. Man unternimmt nichts, ärgert sich aber trotzdem und erkennt, dass man wie immer die falsche Schlange gewählt hat.

Es ist ein leider noch nicht erforschtes Phänomen: Egal welche Warteschlange man wählt, man landet in der Reihe mit der längsten Wartezeit. Irgendetwas ist ja immer: Die Dame, die mit EC-Karte bezahlen will, hat ihre Pin vergessen. Ein Artikel ist nicht richtig ausgezeichnet und kann nicht eingescannt werden. Der Marktleiter wird gerufen. Egal wie, es dauert. Gleichzeitig geht es in der anderen Schlange zügig voran. Und der Typ, der sich an der Fleischtheke vorgedrängelt hat, ist wieder im Vorteil. Einkauf im Supermarkt kann ja so frustrierend sein!

Nun ist es ja keineswegs so, dass vergleichbare Erschwernisse nicht auch in anderen Lebensbereichen anzutreffen wären. Wer kennt nicht die Qual der Wahl, wenn es bei einem auf der Autobahn angekündigten Stau darum geht, die richtige Spur zu wählen. Natürlich gibt es klare Regeln, wie es bei einer Verengung der Fahrbahn von z.B. drei auf zwei Spuren zuzugehen hat. Leider sind diese Regeln graue Theorie. Es wird gedrängelt und rücksichtslos auf Vorfahrt gepocht. Die Folge: Man steht meistens in der falschen Spur, nebenan geht es schneller.

Vielleicht bietet sich für die nächste Fahrt die Bahn als Alternative an. Da gibt es keine „Konkurrenzspur" und man kann sicher sein, dass alle zu spät ankommen.

\*\*\*

**Diäten**

Der Gebrauch von Fremdwörtern in der deutschen Sprache führt leider immer wieder zu Missdeutungen. Vor diesem Phänomen sind erstaunlicherweise auch vermeintlich halbwegs gebildete Zeitgenossen nicht gefeit.

Nehmen wir das Beispiel Diät. Diese Bezeichnung kommt von altgriechisch *„díaita"* und wurde ursprünglich im Sinne von „Lebensführung"/„Lebensweise" verwendet. Wie bei Wikipedia nachzulesen ist, beschäftigt sich die Diätetik auch heute noch wissenschaftlich mit der „richtigen" Ernährungs- und Lebensweise. Im deutschsprachigen Raum bezeichnet der Begriff bestimmte Ernährungsweisen und Kostformen, die meistens zur Gewichtsabnahme oder zur Behandlung von Krankheiten dienen sollen. Umgangssprachlich wird der Begriff in Deutschland häufig mit einer Reduktionsdiät (Reduktionskost) zur Gewichtsabnahme gleichgesetzt. Er bildet somit ein Synonym zur Schlankheitskur.

Nun lesen wir in letzter Zeit immer häufiger, dass die Bezüge unserer Volksvertreter kräftig erhöht werden. Da diese Bezüge auch als Diäten bezeichnet werden, könnte der geneigte Beobachter davon ausgehen, dass die Lebensführung der Parlamentarier Restriktionen ausgesetzt werden soll, die nach der erläuterten Definition nichts anderes zum Ziel haben, die Abgeordneten bei erstrebenswerter Gewichtsreduzierung zu unterstützen. Zweifel kommen auf, weil die Nutznießer der Diätenerhöhung ja selbst über die Regularien für die jeweilige Anpassung entschieden haben.

Wer sich nun regelmäßig Fernsehberichte über das Geschehen in Berlin zumutet, kann unschwer erkennen, dass dieses Bemühen wenig erfolgreich ist. Das vermeintliche Ziel Gewichtsreduzierung wird regelmäßig verfehlt. Der derzeitige Wirtschaftsminister Peter Altmaier ist ein überzeugender Beweis dieser These.

Wo ist nun der Grund für die Fehlinterpretation des Begriffs Diät zu suchen? Falsche Übersetzung? Vorsätzliche Verschleierung des tatsächlichen Ursprungs des Wortes Diät durch einen bestimmten Personenkreises mit dem Ziel persönlicher Bereicherung?

Bei genauerer Betrachtung der gewählten Volksvertreter und der mit schöner Regelmäßigkeit angepassten Diäten drängt sich letzteres auf.

\*\*\*

## Erdbeeren im Dezember

Wer die Zeit nach dem 2. Weltkrieg in Deutschland erlebt hat, kann sich sehr gut daran erinnern, dass es für die Mütter nicht immer leicht war, die Familie halbwegs ausreichend zu ernähren. Die Bemühungen drehten sich in erster Linie darum, die hungrigen Mäuler zu stopfen, sie sattzukriegen. Feinschmecker-Ambitionen waren eher die Ausnahme.

Das soll nun keineswegs heißen, dass die damals knapp bemessene Hausmannskost, die auf den Tisch kam, nicht ausgesprochen schmackhaft sein konnte. Unsere Mütter und Großmütter waren oft wegen ihrer Kochkünste zu bewundern. Zumal es wirklich nicht einfach war, mit den zur Verfügung stehenden wenigen Lebensmitteln, etwas zu zaubern.

Man versuchte für den Winter vorzusorgen und füllte das Kellerregal mit Eingemachtem, möglichst aus dem eigenen Garten. Wer nicht über den Luxus eines kleinen Gartens zur Selbstversorgung verfügte, musste sehen, wie er auf andere Weise zu bescheidenen Vorräten kam. Nicht selten halfen Ausflüge aufs Land, wo man bei hilfsbereiten Bauern nach der Ernte die Felder nach übriggebliebenen „Schätzen" absuchen durfte.

Erst als in den 50er-Jahren die ersten Gastarbeiter nach Deutschland kamen und mit zunehmender Reiselust deutsche Urlauber in den Süden strebten, entwickelte sich das Interesse an fremden und bisher nicht verfügbaren Lebensmitteln.

Wer während seines Italienurlaubs die schmackhafte italienische Küche kennengelernt hatte, wollte in der Heimat nicht mehr darauf verzichten. Südfrüchte waren z.B. sehr begehrt, jedoch für viele Bundesbürger unerschwinglich. Als 1952 die erste Pizzeria Deutschlands in Würzburg eröffnete, konnten sich nur wenige Deutsche das Essen dort leisten.

Nach einigen Jahren ließ sich der Erfolg italienischer Küche jedoch nicht mehr aufhalten. Schnell eroberte sich die Pizza die Herzen der Deutschen. Auch Spaghetti traten ihren Siegeszug an und eroberten sich bei vielen Kindern und Jugendlichen Platz 1 auf der Rangliste der Lieblingsgerichte.

Auch der erste Fernsehkoch Clemens Wilmenrod nutzte die konsumorientierte Neugierde der Nachkriegszeit und die sich entwickelnde Reisesehnsucht der Deutschen in jenen Jahren - Olivenöl, Knoblauch und italienische Pasta- und Pizzagerichte hatten ihren festen Platz in seiner Küche.

Inzwischen verzichtet kaum ein Fernsehsender auf regelmäßige Kochsendungen, die einen großen Anteil an der Weiterentwicklung der Koch- und Essgewohnheiten der Deutschen hatten und noch immer haben. Auch die Küchenindustrie erlebte einen wahren Boom. Küchen mutierten zu hochtechnisierten Produktionsstätten, für deren Anschaffungskosten oft genug auch ein Mittelklassewagen zu haben wäre. Keine noch so unsinnige technische Ausstattung darf heute fehlen.

Der Höhepunkt dieser Entwicklung ist der vielgepriesene Thermomix, der selbst Koch-Analphabeten ermöglichen soll, halbwegs genießbare Gerichte auf den Teller zu bringen. Jeder auf seinen Ruf bedachte, engagierte Hobbykoch wird derlei Gerät aus Überzeugung ablehnen und sich auf seine eigenen Fähigkeiten verlassen.

Aber vielleicht sind technische Kochwunder wie der Thermomix gerade die richtige Lösung für Zeitgenossen, die zwar über eine technisch aufwändig ausgestattete Küche verfügen, deren Kochkenntnisse aber mit dem Öffnen einer Konservendose erschöpft sind.

Während in deutschen Haushalten küchentechnisch weiter aufgerüstet wurde, entwickelte sich auch die Gastronomie weiter und strebte nach Höherem.

Den ersten Impuls in Richtung Nouvelle Cuisine gab der Österreicher Eckart Witzigmann, der in den besten Häusern der Welt ausgebildet wurde. Paul Bocuse, die Brüder Troisgros und besonders Paul Haeberlin haben das außergewöhnliche Talent Witzigmann's erkannt und ihn bei seiner einzigartigen Karriere unterstützt. Witzigmann verbrachte insgesamt 13 Jahre im Ausland, bevor er sich 1971 daran machte, mit dem Münchner „Tantris" die Revolution der Küche in Deutschland einzuleiten.

Die Erfolge Witzigmann's begründeten einen zunehmend höheren Anspruch der deutschen Feinschmecker-Szene. Delikatessen aus aller Herren Länder wurden unverzichtbar, wenn es darum ging, mehrgängige raffinierte Menus zu kreieren.

Besonderes Kennzeichen der Nouvelle Cuisine waren sehr übersichtliche Portionen – wie sonst hätte man auch seinem Verdauungstrakt ein acht- oder gar zwölfgängiges Menü zumuten können?

Glücklicherweise ist seit einiger Zeit ein gewisser Drang zur Umkehr zu beobachten. Immer mehr Sterneköche verzichten auf die ehrenvolle, aber anstrengende und finanziell nicht immer lukrative Auszeichnung durch einen oder mehrere Michelin-Sterne.

Sie geben ihre Sterne zurück und konzentrieren sich auf eine Küche, die regionale Produkte in den Vordergrund stellt. Dabei akzeptieren sie, dass nicht alles zu jeder Jahreszeit verfügbar ist. Qualitätsmerkmale sind inzwischen nicht mehr unbedingt teure Zutaten aus fernen Ländern.

Frische und Regionalität sind angesagt. Da gilt es auch zu akzeptieren, dass die Spargelernte nun einmal am 24. Juni vorbei ist und dass es Frühkartoffeln erst ab Mai gibt. Auch wenn uns Supermärkte mit Kartoffeln aus Israel oder Ägypten das Gegenteil beweisen wollen.

Es wäre schön, wenn auch der Otto-Normalverbraucher irgendwann einmal kapieren würde, dass Erdbeeren in heimischen Landen natürlich nicht in der Weihnachtszeit wachsen.

\*\*\*

**Die Natur macht, was sie will**

Die Natur will uns verwehren,
was wir ganzjährig begehren.
Zum Beispiel wächst nicht im April,
was man in diesem Monat will.

Auf die Beeren aus dem Garten,
müssen wir noch lange warten.
Leider gibt's auch diese Beeren,
im Advent nicht zu verzehren.

Und ausgerechnet im August
hat man auf frischen Spargel Lust.
Doch der Natur ist's einerlei,
die Spargelzeit ist schon vorbei.

Inzwischen isst man auch sehr gerne
Lebensmittel aus der Ferne.
So ist zum Beispiel leckere Kost
etwas mit Lychees aus Fernost.

Dies wird verlangt zu jeder Zeit
und liegt im Supermarkt bereit.
Trotz nicht selten langer Reise,
gibt es keine hohen Preise.

Die Bauern in den fremden Ländern
können daran gar nichts ändern.
Sie schuften dort für kleines Geld,
damit geliefert wird in alle Welt.

Muss das sein? Wär' es nicht besser,
wenn bei uns so mancher Esser,
nicht fliegen würde auf Exoten?
Das wäre doch jetzt mal geboten!

Was grad bei uns geerntet wird,
freut inzwischen manchen Wirt.
Können wir nicht auch verzichten,
und nach der Natur uns richten?

\*\*\*

### Massentierhaltung im Flugverkehr

Immer wieder hört man, Tiere würden vor dem Gesetz als "Sachen" behandelt. Doch stimmt diese Aussage wirklich?

Tiere sind vor dem Gesetz keine Sachen. Seit 01.08.2002 wurde der Tierschutz im Grundgesetz in Artikel 20a GG verankert. Dort ist ausgeführt: "Der Staat schützt auch in Verantwortung für die künftigen Generationen die natürlichen Lebensgrundlagen und die Tiere..."

Folgerichtig hat der Gesetzgeber in § 90a des Bürgerlichen Gesetzbuches folgende Vorschrift aufgenommen: „Tiere sind keine Sachen. Sie werden durch besondere Gesetze geschützt. Auf sie sind die für Sachen geltenden Vorschriften entsprechend anzuwenden, soweit nicht etwas anderes bestimmt ist." (§ 90a BGB)

Diese Formulierung hat leider immer wieder zu Missverständnissen geführt. Es bleibt aber dabei, dass Tiere keine Sachen sind. Sie werden durch besondere Gesetze geschützt wie z.B. das Tierschutzgesetz; die für Sachen geltenden Vorschriften sind jedoch entsprechend auf sie anzuwenden.

Nun möchte man allerdings glauben, dass es manchen Tieren sehr gut gefallen würde, wenn sie als „Sachen" behandelt würden. In Warenlägern geht es nämlich oft sehr viel komfortabler und rücksichtsvoller zu, als man es durch einschlägige Berichte über die Tierhaltung kennt.

Sowohl in der Schweinezucht als auch in Masthühnerbetrieben steht den „Insassen" häufig weniger Platz zu, als hochwertigen „Sachen" in den Regalen gut organisierter Versandhändler. Jedenfalls wird in letzteren mehr Wert auf Unversehrtheit gelegt.

Was hat nun das Thema „Massentierhaltung" mit der Luftfahrt zu tun? Wer das wissen will, sollte den Versuch machen, mit einem der berüchtigten Billigflieger (EasyJet, Ryanar u.a.) ab Hamburg zu fliegen.

Es beginnt schon nach der Sicherheitskontrolle. Jetzt wünscht man sich als Passagier das erste Mal, eine „Sache" zu sein. Dann würde man sicher auf einem Förderband oder wenigstens auf einem Transportwagen zum Gate transportiert werden.

Als Fluggast hat man dagegen das Vergnügen, sich während eines 10-15 Minuten langen Marsches durch die überfüllten Hallen zu quälen. Bei dem Begriff „Fluggast" beschleichen den kritischen Zeitgenossen Zweifel. Behandelt man so „Gäste"?

Am Gate angekommen, hofft man auf eine zügige Einstiegsprozedur. Weit gefehlt! Die Wartehalle bietet nur für einen Teil der Fluggäste einen Sitzplatz. Da diese Halle als Zwischenstation für viele innerhalb kürzester Zeit abzufertigende Flüge herhalten muss, erfreut man sich eines Gedränges, das auf fatale Weise an die Verhältnisse bei der Massentierhaltung erinnert. In langen Schlangen wird ungeduldig auf das Einstiegssignal gehofft.

Endlich, jetzt signalisiert der Bildschirm über dem Counter, das Flugzeug sei nun zum Einstieg bereit. Die Schlange setzt sich in Bewegung – und stockt nach wenigen Metern wieder. Durch die Glaswände des Flugsteigs ist zu erkennen, dass es wohl für das Besteigen des Flugzeugs doch noch zu früh ist. Die angekommenen Passagiere verlassen nämlich erst jetzt die Maschine.

Zusammengepfercht steht man nun eine gefühlte Ewigkeit in diesem gläsernen „Schlauch", der zu allem Unglück nicht klimatisiert ist und bei intensiver Sonneneinstrahlung saunaähnliche Temperaturen zu bieten hat. Wer sich in den Sommermonaten bei extremer Hitze dieses Flugvergnügen antut, bekommt einen ungefähren Eindruck von Tiertransporten, bei denen die Tiere ebenfalls auf engstem Raum ähnlichen Verhältnissen ausgesetzt werden.

Wenn man nun glaubt, diese Tortur überstanden zu haben, folgt die nächste Prüfung. Im Flugzeug herrschen zwar angenehmere Temperaturen als in der Warteröhre, trotzdem werden nicht zu unterschätzende Anforderungen an Beweglichkeit und Körperbeherrschung gestellt.

Die Rückenlehnen der Sitze lassen sich nicht verstellen, d.h. die Sitzhaltung wird von der Fluggesellschaft verbindlich vorgegeben. Zudem reicht der verfügbare Sitzabstand keineswegs aus, einen normal gebauten Mitteleuropäer anatomisch halbwegs sinnvoll unterzubringen.

Auch wenn es sich vielleicht nur um eine Flugzeit von 1 – 2 Stunden handeln sollte, wird die Bewegungsfreiheit in unzumutbarer Weise begrenzt. Vielleicht sollten die betroffenen Gesellschaften in den Transportbedingungen darauf hinweisen, dass die angebotenen Flüge für Passagiere mit einer Körpergröße von über 1,70 cm nicht geeignet sind.

Wer nach den geschilderten Erfahrungen mit den Verhältnissen in der Massentierhaltung konfrontiert wird, bekommt ein untrügliches Gefühl dafür, dass nicht nur dort Missstände herrschen. Nach den eigenen Erfahrungen mit einem „Billigflieger" entwickelt man ein ausgeprägtes Mitgefühl mit den geschundenen Tieren.

Leider ist zu vermuten, dass die Verantwortlichen weder in der einen noch in der anderen Branche einsichtig genug sind, an den Zuständen etwas zu ändern.

\*\*\*

**Plattenbau auf See**

Es ist noch gar nicht so lange her, da war die Unterbringung in einem Plattenbau durchaus erstrebenswert. Jedenfalls in der ehemaligen DDR, wo es von Beginn an Mangel an Wohnraum gab. Die DDR war ein Land der Wohnungssuchenden. Riesige Plattenbausiedlungen sollten die Misere beseitigen.

Im Westen schaute man eher kritisch und überheblich auf diese Art des Wohnungsbaus, die wohl nebenbei die Illusion von der klassenlosen Gesellschaft stärken sollte. Für die „Massenunterkünfte" im Osten hatte man nur ablehnende bis verächtliche Kommentare übrig. Wer es sich leisten konnte, wollte individuelle Wohnlösungen – die eigenen vier Wände, in denen man zeigen konnte, dass „man es geschafft" hatte, das war das erstrebenswerte Ziel. Plattenbau? Unmöglich!

Nun soll niemand behaupten, dass Einrichtungen und Gewohnheiten, die in der DDR gang und gäbe waren, die Wiedervereinigung nicht überlebt hätten. Immer wieder hört man heute: „Bei uns im Osten war nicht alles schlechter!" Nostalgische Erinnerungen bestimmen oft die Diskussionen.

So nimmt es nicht Wunder, dass inzwischen auch die früher vielerorts geschmähte Bauweise eine erstaunliche Beliebtheit erlangt hat. Diese Entwicklung wurde u.a. gefördert durch den auch in der DDR ausgeprägten Drang nach Freiheit. Die Freiheit nämlich, reisen zu dürfen, wohin man denn mochte.

Zu einer mit der Zeit immer beliebteren Form der Urlaubsreise hat sich inzwischen die Kreuzfahrt entwickelt. Zwischen 2007 und 2017 hat sich die Zahl der Kreuzfahrtgäste aus dem deutschen Markt fast verdreifacht. Folgerichtig wurden die Schiffe immer größer und den oben beschrieben Plattenbauten immer ähnlicher.

Es ist wirklich erstaunlich, dass inzwischen allein aus Deutschland jedes Jahr weit mehr als 2 Millionen Urlauber diesen „Hauch des Plattenbaus" im Urlaub erleben wollen. Die meisten schwimmenden Herbergen dieser Art haben Platz für mehr als 2000 Passagiere. Den vorläufigen Höhepunkt dieser beklagenswerten Entwicklung bildet die „Symphony of the Seas" mit einer Bruttoraumzahl von 228.081 und Platz für 6.870 Passagiere. Am 31. März 2018 wurde das bisher größte Kreuzfahrtschiff in Dienst gestellt.

Sieht man aus sicherer Entfernung ein solches Ungetüm in einen Hafen einlaufen, erfährt die vermeintlich gesicherte Vorstellung von einem Schiff einen irreparablen Schaden. Kann ein solches Seeungeheuer, das einem Betonklotz zur Unterbringung aller Bewohner einer Kleinstadt ähnelt, noch als Schiff bezeichnet werden, auf dem man einen erholsamen Urlaub verbringen möchte?

Wenn nun die Urlaubs- und Vergnügungssüchtigen während ihrer sog. Schiffsreise wenigstens auf ihrer schwimmenden Kleinstadt ausharren würden, könnte man sich abwenden, allenfalls Bedauern äußern und zur Tagesordnung übergehen. Aber so einfach ist es leider nicht.

Begehrte Kreuzfahrtdestinationen wie etwa Venedig, Dubrovnik oder Santorin erleben in der Hochsaison täglich ein Horrorszenario, das die schlimmsten Erwartungen der Bewohner übertrifft. In den engen Gassen drängeln sich mehrere Tausend Touristen, die den betroffenen Städten nicht einmal finanziellen Vorteil bringen, weil die schwimmenden Plattenbauten „all inclusive" fast alle Bedürfnisse zu erfüllen glauben. Was den unter den Invasionen leidenden Gemeinden bleibt, sind die durch die Kreuzfahrtschiffe verpestete Luft und Berge von Abfall.

Die meisten Schiffe werden noch mit hochgiftigem Schweröl angetrieben und erzeugen auch während der Liegezeit in den Häfen Energie auf diese umweltfeindliche Weise.

Von giftigen Schiffsabgasen betroffen sind jedoch nicht nur die Bewohner von Hafenstädten, sondern auch Crewmitglieder und Reisende – womit auch die schöne Welt der Kreuzfahrten in eine dunkle Wolke aus giftigen und übel riechenden Emissionen eintaucht.

Angesichts dieser Entwicklung und der unabsehbaren negativen Folgen bleibt die Frage, ob die offensichtlich als „Vorbild" für die Kreuzfahrer zu betrachtenden Plattenbauten, die sich immerhin nicht fortbewegen können, die bessere Lösung für die Unterbringung im Massentourismus wären.

Die Bewohner von Venedig, Dubrovnik, Santorin u.a. sehen das sicher ähnlich!

\*\*\*

### Von daher…… Woher?

Sprache lebt und entwickelt sich weiter. So hat man im Laufe der Jahrzehnte immer wieder Wörter aus den Sprachen unserer Nachbarländer wohlwollend übernommen. Insbesondere gilt dies für Begriffe aus dem Französischen und dem Englischen. Das ist eine Entwicklung, die durchaus als Bereicherung der eigenen Sprache gelten kann. Allerdings nur, wenn diese Veränderung der Sprache nicht Ausmaße annimmt, wie sie in letzter Zeit bei der Übernahme von in den USA gebräuchlichen Bezeichnungen zu beobachten ist. Aus einer Verabredung wird ein „Date", aus Nachrichten „News" und aus dem guten alten Treffpunkt der „Meeting-Point".

Nun gibt es aber Wortschöpfungen, bei denen man sich fragt, welcher „Sprachschöpfer" da wohl wieder zugeschlagen hat.

Vielleicht hat einer angefangen, bewusst oder unbewusst, und die „Mitsprecher" sind sprachblind oder -taub einfach gefolgt.

Ein Beispiel:

Die klassische Version: „Von daher (gemeint „aus dieser Richtung") kamen die Leute".

Neudeutsch: „Von daher kann ich mich nicht entscheiden", sagte der Unschlüssige. Dabei meint er vermutlich, „Daher (deshalb, aus diesem Grund etc.) kann er sich nicht entscheiden."

Um eine besondere Variante dieser sprachlichen Entgleisung handelt es sich, wenn am Ende eines Satzes ein „von daher..." nachgeschoben wird und dann nichts mehr kommt. Diese Floskel soll offensichtlich das Gesagte bekräftigen, bestätigt jedoch nur die sprachliche Verwahrlosung des bemitleidenswerten Gesprächsteilnehmers.

Das Wort „daher" reichte offensichtlich nicht mehr. Es musste unbedingt aufgebläht werden. Die neue Sprechblase "von daher" ist keine Bereicherung der Sprache etwa als Ausdruck der so oft gepriesenen „natürlichen" Sprachentwicklung, sondern eine krasse Fehlentwicklung. Sie gehört daher (von daher?) wie so viele andere Sprachschöpfungen in die Müllgrube der deutschen Sprache. Von daher…..!

*\*\*\**

## US-Kultur

Nicht nur die deutsche Sprache leidet zunehmend unter Verwahrlosung. Es gibt praktisch keinen Bereich des täglichen Lebens, der nicht in bedauernswerter Weise Einflüssen ausgesetzt ist, die sich negativ auf unsere Kultur auswirken.

Dabei soll nicht unerwähnt bleiben, dass es durchaus auch positive Veränderungen gibt, die wir der Tatsache zu verdanken haben, dass bei vielen Bundesbürgern in den letzten Jahrzehnten der Blick über die Grenzen mit weniger Vorurteilen begleitet war, als noch in der ersten Hälfte des letzten Jahrhunderts. Man denke nur an die deutsche Küche, die sich durch Anregungen aus fremden Ländern enorm weiterentwickelt hat.

Die Deutschen sind schon seit den 1960er Jahren äußerst reiselustig. Und sie freuen sich, wenn sie die Spezialitäten, die sie im Urlaub kennengelernt haben, auch zu Hause genießen können. Nach zunächst großer Begeisterung für die italienische Küche und der Eröffnung der ersten Pizzeria oder Trattoria genannten italienischen Restaurants in Deutschland folgten spanische und griechische Restaurants sowie die (damals noch) jugoslawischen Gaststätten. Inzwischen haben sich auch asiatische Genüsse einen festen Platz auf dem deutschen Teller erobert.

Trotzdem bleibt auch ein deutlich negativer Aspekt im Blick. Gemeint ist der beklagenswerte US-amerikanische Einfluss auf die Essgewohnheiten der Deutschen. Die immer weiter um sich greifende Unsitte zur schnellen Mahlzeit, dem leider inzwischen eingedeutschten „Fast Food" ist nun wirklich nichts Positives abzugewinnen.

Heerscharen übergewichtiger Kinder und Jugendlicher (natürlich auch Erwachsener) zeigen ein erschreckendes, auch in den Vereinigen Staaten unübersehbares Bild. Hier wird deutlich, dass der Verzicht auf die gute alte Hausmannskost, die in aller Regel aus regionalen Zutaten frisch zubereitet wurde, einer Hinwendung zur eindeutig gesundheitsgefährdenden Ernährung bedeutet.

McDonald's, Burger King und andere Fast Food-Ketten sind allerdings bei der nachhaltigen „Körperverletzung" ihrer weitgehend uneinsichtigen

Kunden nicht allein. Coca-Cola, Pepsi-Cola und andere Produzenten schädlicher Getränke sind in gleicher Weise aktiv.

Die Unsitte, die mit dem an jeder Straßenecke angebotenen „Coffee to go" einhergeht, ist ein weiteres Dokument dafür, dass eben nicht alles, was aus den USA kommt, toll oder nach aktueller Sprachübung „cool" ist.

Leider lassen es die Deutschen nicht dabei, US-amerikanische Sitten und Gebräuche bei Ernährung und Essgewohnheiten kritiklos zu übernehmen. In den letzten Jahrzehnten kommen auch eine große Zahl der Trends in Mode, Musik, Kunst und Kultur aus den Staaten. Auch wenn sich nach und nach ein zunehmender Antiamerikanismus verbreitet hat (unter anderem auch durch den Irak-Krieg), so wird unsere Kultur leider trotzdem von den USA stark beeinflusst.

Ein Blick in die Programme der meisten privaten Fernsehsender belegt, dass besonders für Serien aus den USA, die sich auf einem erschreckend niedrigen Niveau bewegen, immer mehr Sendezeit bereitgestellt wird. Während vor vielen Jahren auch US-Filmemacher noch die Fähigkeit besaßen, spannende, anspruchsvolle Filme zu drehen, sind derlei Werke heute die absolute Ausnahme.

Gute Drehbücher und besondere Leistungen fähiger Kameraleute werden heute oft durch Technik ersetzt. Die abenteuerlichsten, dabei allerdings unrealistischen Szenen entstehen nur am Computer. Filme ohne spektakuläre Szenen mit durch die Luft wirbelnden Autos, einstürzenden Hochhäusern und anderen Katastrophen bleiben die Ausnahme.

Alles was die Technik kann, muss auch eingesetzt werden, begleitet von geistlosen Dialogen, oft gesprochen von minderbemittelten Akteuren. (Der Begriff Schauspieler verbietet sich in diesen Fällen.)

Es ist ja bekannt, dass die USA nicht zu den Ländern gehören, in denen Rassismus ernsthaft und nachhaltig bekämpft wird. In den Machwerken aus Hollywood ist zwar immer wieder zu beobachten, dass die Produzenten in den Besetzungslisten ein Paar Rollen für schwarze Darsteller vorsehen.

Das heißt aber noch lange nicht, dass dies ein Beweis realisierter Gleichberechtigung wäre. In weiten Teilen der USA ist nach wie vor eine tief verwurzelte Abneigung gegenüber Schwarzen zu beobachten. Daran haben auch die zwei Amtsperioden Barak Obamas nicht viel geändert.

Im Gegenteil, die derzeitige Politik der USA hat die Ablehnung von Einwanderern stark befeuert. Da passt es ins Bild, dass der derzeitige Präsident die mehr als 10 Mio. illegal in den USA lebenden Einwanderer zügig ausweisen will, weil von dieser Personengruppe angeblich Gefahren für den Frieden im Lande und die erhaltenswerte Kultur der US-Amerikaner (was immer das sein soll!) ausgehen.

Die Ureinwohner der Vereinigten Staaten haben da eine etwas andere Position, jedenfalls was die Zahlen betrifft. Bei derzeit 2 Mio. in den USA lebenden Indianern herrscht die Meinung vor, dass von den insgesamt 328 Mio. Einwohnern nach Abzug der Ur-Einwohner immerhin 326 Mio. als Bürger mit „Migrationshintergrund" anzusehen sind.

In diesem Zusammenhang ist zu erwähnen, dass auch Trump seine Wurzeln im Ausland, nämlich in der Pfalz hat. Damit soll natürlich nichts gegen die Pfalz gesagt werden. Aber es bleibt der Migrationshintergrund!

\*\*\*

### Verkehrswege für Handybenutzer

Dass die Verkehrswegeplanung in Deutschland seit etlichen Jahren unter der Verantwortung aus

Bayern stammender Verkehrsminister außerordentlich autofreundlich geprägt war, ist für jeden aufmerksamen Verkehrsteilnehmer offensichtlich.

Der Autoindustrie, vertreten durch eine Vielzahl von Lobbyisten, ist es gelungen, in der Politik etwa aufkommende autofeindliche Tendenzen im Keim zu ersticken.

So wurden auch notwendige Investitionen bei der Bahn über Jahre hinweg fahrlässig unterlassen. Doch nicht genug, viele Bahnstrecken wurden sogar geschlossen. Bahnkunden in ganz Deutschland erleben täglich die Konsequenzen dieser verfehlten „Klientel-Politik".

Ein Ausbau der Bahn, möglicherweise gar mit dem Schwerpunkt Gütertransport, hätte die Geschäftswelt der Automobilhersteller, insbesondere die Umsatzchancen der LKW-Hersteller nachhaltig beeinträchtigen können. Hier wird der Sinn von Lobbyismus in besonderem Maße deutlich.

In der Diskussion über eine angemessene, verbraucherfreundliche Verkehrspolitik geht es naturgemäß um die unterschiedlichsten Interessen. So liegt es nahe, dass die Vertreter der Automobilisten für sich den starken Einfluss nutzen, der sich aus den 57,3 Millionen in Deutschland zugelassenen

Kraftfahrzeugen (Stand 1.1.2019) zwangsläufig ergibt. Trotzdem muss nicht unbedingt hingenommen werden, dass z.B. der Ausbau von Radwegen weitgehend vernachlässigt wird. Immerhin gibt es in Deutschland ca. 75 Mio. Fahrräder, also deutlich mehr als Kraftfahrzeuge.

Nun wird man einwenden, dass für Radwege in aller Regel die Kommunen zuständig sind. Mag sein, doch dem Radfahrer ist es wohl egal, woher das Geld für den Ausbau des Radwegnetzes kommt.

Bei der Gesamtbetrachtung der Verkehrssituation in Deutschland darf eine Zielgruppe nun aber keineswegs außer Acht gelassen werden. Es geht um die Besitzer von Handys, die sich immer mehr zu einem nicht zu unterschätzenden Faktor im Straßenverkehr entwickelt haben.

In aller Regel werden für Autofahrer, Radfahrer und Fußgänger eigene Trassen vorgehalten, die nur in Ausnahmefällen von einem um den Verkehrsweg konkurrierenden Verkehrsteilnehmer mitgenutzt werden dürfen. Allerdings zum Unmut des betroffenen „Rechteinhabers".

So gefällt es Autofahrern meistens nicht, dass Radfahrer auch auf Straßen unterwegs sind, zumal in diesen Fällen oft die Unsitte zu beobachten ist, dass die Radfahrer nebeneinander fahren und somit die Breite eines SUVs simulieren, was viele Autofahrer in Rage versetzt.

„Was fällt diesen Pedaltretern eigentlich ein? Wir Autofahrer zahlen schließlich Kfz-Steuer und sollen auf diese ignoranten Radler Rücksicht nehmen?"

Es muss nicht erwähnt werden, dass nicht wenige der über diesen unverschämten Eingriff in ihre Rechte als Autofahrer erbosten Verkehrsteilnehmer ihre Artgenossen umgekehrt in ähnlicher Weise beschimpfen, sobald sie sich entschließen, etwa in ihrer Freizeit einen Drahtesel zu besteigen. Dann hört man sehr schnell: „Immer diese Autofahrer!"

Wenn es schon ständig heißt ***Freie Fahrt für freie Bürger"***, warum muss dann die Bewegungsfreiheit der Autofahrer, die schließlich das Straßennetz durch ihre Kfz-Steuer und die Mineralölsteuer allein finanzieren, in unzumutbarer Weise eingeschränkt werden? Aber nicht nur Autofahrer empfinden manche Radfahrer als Zumutung und inakzeptable Erscheinung im Straßenverkehr.

Nun ist es zwar so, dass Fußgänger keine direkten Steuern für Fußwege zahlen müssen und auch nicht durch Wegegeld (Maut) zur Finanzierung herangezogen werden. Gleichwohl empfinden sie die mancherorts erlaubte Nutzung der Gehwege durch Radfahrer als Zumutung. Wo man doch umgekehrt nur in seltenen Fällen als Fußgänger auf einem Radweg unterwegs sein darf.

Bis hierher ist dem geneigten Leser sicher klargeworden, dass die Verkehrsminister aus Bayern auch nicht ansatzweise in der Lage waren, eine einigermaßen funktionierende Ordnung in den öffentlichen Straßenverkehr zu bringen. Deshalb erscheint es auch mehr als zweifelhaft, ob sie für das neuerdings immer häufiger auftretende Problem einen vernünftigen Lösungsansatz präsentieren werden.

Wie will man etwa der Tatsache Rechnung tragen, dass eine stark zunehmende Zahl von Smartphone-Besitzern am öffentlichen Verehr teilnehmen, gleichzeitig aber ihre ganze Aufmerksamkeit durch ihre Kommunikationstätigkeit in Anspruch genommen wird?

Viel zu wenig findet in die Verkehrsplanung Eingang, dass ein Fußgänger während der Nutzung seines unverzichtbaren Kommunikationsmittels nicht nur selbst einer erheblichen Unfallgefahr ausgesetzt ist, sondern auch für andere Verkehrsteilnehmer ein nicht zu unterschätzendes Sicherheitsrisiko darstellt.

Bei inzwischen ca. 60 Mio. Smartphones in Deutschland ist es von den Verkehrsplanern mehr als leichtfertig, das hier für den Straßenverkehr lauernde Gefahrenpotenzial zu ignorieren.

Bei den horrenden Summen, die bevorzugt in die autofahrerfreundliche Infrastruktur investiert werden, muss die Frage erlaubt sein, warum für so stark gefährdete Verkehrsteilnehmer wie die Handy-Nutzer so gut wie nichts getan wird.

Nachrichten beantworten oder nur ganz kurz etwas googeln. Und zack, schon ist man gegen einen Laternenpfahl gelaufen oder gegen einen Mitmenschen gestoßen. So passieren ganz real immer mehr Unfälle, zwischen zwei (oder mehr) Fußgängern, aber auch zwischen Fußgängern und Autos, Radlern, Straßenbahnen. Das ist gefährlich und ziemlich unnötig.

Eine Lösung wäre z.B., für diese Personengruppe eigene Trassen einzurichten. Einwände? Für alle anderen Verkehrsteilnehmer hat man sich schließlich auch dazu entschließen können. Fortschrittliche Kommunen wie Antwerpen, die chinesische Stadt Chongqing oder auch Litauens Hauptstadt Vilnius haben diese Idee bereits umgesetzt und eigene Gehwege für Handy-Nutzer eingerichtet.

Zugegeben, unter der Regie bayrischer Verkehrsminister wird das dauern. Aber man könnte immerhin einen ersten Schritt wagen und alle Laternenpfähle auf die Radwege oder die Straßen versetzen. Autofahrer und Radfahrer sind doch immer aufmerksam und benutzen ihr Handy nie während der Fahrt, oder?

\*\*\*

**Kavaliers-Malus**

**oder**

**Warum Frauen älter als Männer werden**

Auf ein lange beobachtetes Phänomen wurde bereits an anderer Stelle in diesem Buch hingewiesen. Es ist statistisch belegt, dass Frauen eine durchschnittlich höhere Lebenserwartung als Männer haben. Der Wissenshaft ist es bisher nicht gelungen, für dieses Geheimnis der Natur eine schlüssige Erklärung zu liefern.

Man ist sich jedoch einig, dass es nicht allein an den Genen liegt. Für ein langes Leben, so die Erkenntnis, sorgt angeblich ein komplexes Wechselspiel zwischen Genen und Umwelt. Forscher sind noch dabei, es aufzuschlüsseln – und den Vorsprung der Frauen zu erklären.

Biologisch sind Frauen angeblich durch ihr doppeltes X-Chromosom im Vorteil. Darauf befinden sich viele Erbanlagen, die für das Immunsystem wichtig sind. Ist ein X-Chromosom der Frau fehlerhaft, kann es durch die Kopie ausgeglichen werden. Bei Männern funktioniert der Mechanismus nicht, da ihr Erbgut statt der Kopie ein Y-Chromosom enthält.

Nun ist es doch offensichtlich, dass bei all diesen wissenschaftlichen Studien mit entsprechenden Schlussfolgerungen naheliegende, leicht nachvollziehbare Aspekte unberücksichtigt geblieben sind. Schließlich ist nicht von der Hand zu weisen, dass das Leben im Alltag einen beachtlichen Einfluss auf den Alterungsprozess des Menschen haben muss. So sind etliche Verhaltensweisen und Tätigkeiten, die im allgemeinen Männern vorbehalten sind, von nicht zu unterschätzender Bedeutung für den fortschreitenden Verschleiß des Körpers.

Beginnen wir mit dem bei vielen Eheschließungen zu beobachtenden Ritual, bei dem der Bräutigam die Braut über die Türschwelle trägt. Wenn dann in der Folge das Versprechen wahr gemacht wird und die Frau auf Händen getragen wird, sollte jedem auch ohne Konsultation eines Orthopäden klar sein, dass derlei Gebaren Ursache für irreparable Schäden im Körper des Mannes sein können.

Oder die bei zivilisierten Männern zu beobachtende Gepflogenheit, Damen in den Mantel zu helfen, ihnen beim Betreten oder Verlassen eines Raumes den Vortritt zu lassen, jedoch erst nachdem er ihr die Tür geöffnet hat. Ähnliches gilt natürlich auch beim Besteigen einer Limousine. Nur ausgemachte Flegel muten der Dame zu, sich mit der Autotür selbst zu bemühen.

Die körperlichen Verschleiß verursachenden täglichen Aktivitäten eines Mannes sind vielfältig. So trägt man als Gentleman selbstverständlich auch die schwere Einkauftasche und/oder die Kisten mit den Energiedrinks oder den Diätshakes für die Frau. Und gern verzichtet man darauf, den letzten freien Sitzplatz in der Straßenbahn einzunehmen, wenn dieser auch einer attraktiven Dame gefallen könnte.

Niemand wird bestreiten wollen, dass die geschilderten Aktivitäten einen nachhaltigen Einfluss auf den körperlichen Zustand des Mannes haben müssen. Nur so ist der im Vergleich zu Frauen vorzeitige Verfall der körperlichen Fitness und der beklagenswerte frühe Verschleiß wesentlicher Körperteile mit erheblichen Einschränkungen im Alter zu erklären. Auch wenn Wissenschaftler, die häufig selbst altersbedingt bereits die beschrieben Symptome aufweisen, zu anderen Ergebnissen kommen.

Für die Männerwelt gibt es nur eine Hoffnung. Immer häufiger ist in der jüngeren Generation zu beobachten, dass die beschriebenen Verhaltensmuster, die in die Kategorien Höflichkeit, Benehmen, Stil und Anstand einzuordnen sind, nur noch eine geringe oder in krassen Fällen gar keine Rolle mehr spielen.

Deshalb ist zu erwarten, dass die jungen Männer später weniger unter den erwähnten Verschleißerscheinungen leiden werden. Dass immer mehr Frauen auf das freundliche, Etikette gerechte Verhalten von Männern keinen Wert mehr legen, lässt vermuten, dass es um die zukünftige Lebenserwartung von Männern gar nicht so schlecht steht.

\*\*\*

**Die ideale Besetzung für den Beifahrersitz**

Um es vorweg zu nehmen: Die ideale Besetzung für den Beifahrersitz gibt es nicht. Wer hätte nicht schon die Klagen von routinierten Autofahrern gehört, die mit unglaublichen Berichten über gemeinsame Fahrten mit ihrer lieben Frau aufwarteten. Allerdings hat der Zuhörer in diesen Fällen eher nicht den Eindruck, es handele sich tatsächlich um eine „liebe" Frau.

Meistens geht es dabei um unterschiedliche Auffassungen über die richtige Fahrweise. „Du fährst schon wieder zu schnell!" oder „Du fährst zu dicht auf!" sind nur Beispiele für den Beginn von Gesprächen, die nicht selten in heftige Auseinandersetzungen münden.

Beliebt sind auch „Fahr nicht so weit rechts!" oder „Hier kannst Du doch nicht überholen!" Derlei Gesprächseröffnungen können natürlich auch darin münden, dass der leidgeprüfte Fahrzeuglenker wegen der bereits in ähnlichen Situationen hinlänglich gemachten Erfahrungen einfach vorzieht zu schweigen.

Die Verweigerung einer Antwort ist allerding dann keine Lösung, wenn es um die richtige Wahl der Fahrstrecke geht. „Warum fährst Du nicht über die Umgehungsstraße? Wir könnten viel schneller am Ziel sein!"

Beim nächsten Mal mit demselben Ziel: „Ich verstehe nicht, warum Du diesen Umweg fährst, durch die Stadt wäre es doch viel kürzer!" Kurz gesagt, es ist nicht immer leicht, mit der geliebten Beifahrerin stressfrei ans Ziel zu gelangen.

Umgekehrt, wenn sich in Ausnahmefällen die Frau ans Steuer setzen muss, weil nach einer wie auch immer gearteten Abendveranstaltung aus naheliegenden Gründen das Führen eines Fahrzeugs durch den Mann gesetzeswidrig wäre, kann die Frau nachempfinden, was sie ihrem Partner manchmal zumutet.

Männer als Beifahrer sind nämlich nach gesicherter Erkenntnis eine ungleich größere Belastung für die Fahrerin. Hier gehen die „Empfehlungen" die Fahrweise betreffend weit über das hinaus, was sich die Frau an gutgemeinten Hinweisen erlauben würde. Männer wissen nämlich im Allgemeinen viel besser, mit welcher Motordrehzahl, respektive mit welchen Gang, die als viel zu langsam empfundene Geschwindigkeit zu fahren ist.

Die Streckenwahl etwa, oder wann das Fernlicht einzuschalten ist, glaubt er ohnehin vom Beifahrersitz besser entscheiden zu können. „Wenn Du an der nächsten Kreuzung rechts abbiegen willst, solltest Du jetzt die rechte Spur nehmen!"

Wie hätte die liebe Frau darauf jemals alleine kommen können? Immerhin kann sie in diesen Fällen auch darauf hoffen, dass er auf dem Beifahrersitz einnickt und sie sich anstelle der überflüssigen

Belehrungen lediglich mit seinem unüberhörbaren Schnarchen abfinden muss.

Wenigstes ein Teil des beschriebenen Konfliktpotenzials spielt durch technische Errungenschaften inzwischen keine so gravierende Rolle mehr. Die Rede ist von Navigationssystemen, die die kürzeste und die schnellste Route zur Wahl anbieten. So kann die drohende Diskussion über diesen Aspekt der geplanten Fahrt bereits vor der Abfahrt zu Ende gebracht werden kann.

Auch wenn durch die Navigationseinrichtung die Orientierung leichter geworden ist und insbesondere in unübersichtlichen Städten das gesuchte Ziel sicher und schnell zu finden ist, die Entscheidung darüber, ob man sich von einer weiblichen oder männlichen Stimme sagen lassen will, wo es langgeht, bleibt einem nicht erspart.

*\*\*\**

### Mit dem SUV zurück in die Steinzeit?

**Sports Utility Vehicle** bezeichnet im US-Sprachgebrauch Geländewagen aller Art. Anders als im Deutschen umfasst das englische Wort „sport(s)" allerdings auch Jagen und Angeln. Ein SUV ist demnach ein Wagen, mit dem ein Jäger oder Angler durch unwegsames Gelände zu seinem Revier gelangen kann.

An dieser Stelle drängt sich ein Vergleich zwischen dem heutigen SUV-Nutzer und den Menschen in der langen Epoche der Altsteinzeit auf. Für letztere waren die Jagd und das Sammeln die wirtschaftliche Grundlage. Man lebte damals in Sippengemeinschaften, in denen sich in Folge der immer komplizierter werdenden Arbeitsvorgänge eine einfache, naturgegebene Arbeitsteilung herausbildete.

Diese Arbeitsteilung vollzog sich vor allem zwischen den Geschlechtern. Die Tätigkeit des Mannes war insbesondere die Jagd, die der Frau das Sammeln von Früchten, Wurzeln und Kleingetier, ihr oblag die Wartung der Kinder und des Feuers sowie die Nahrungszubereitung.

Wenn nun Fahrzeugen der SUV-Klasse eindeutig der Hintergrund „Jagen und Angeln" zuzuordnen ist, darf mit Fug und Recht angenommen werden, dass die Besitzer dieser Gefährte die Steinzeit und die damit verbundenen üblichen Lebensgewohnheiten noch nicht gänzlich überwunden haben.

Auch wenn die Jagdreviere sich nachhaltig verändert haben, das Verhalten von SUV-Fahrern erinnert manchmal durchaus an Zeiten, in denen das „Recht des Stärkeren" galt.

So haben Psychologen durchaus ein gewisses „Überlegenheitsgefühl" sowie „Schutzbedürftigkeit" als Hauptmotive beim SUV-Kauf erkannt. Außerdem würden SUV-Fahrer versuchen, sich mit den meist überdurchschnittlich großen und häufig auch aggressiv designten Fahrzeugen Respekt zu verschaffen. Besonders häufig ist diese Mentalität in Parkhäusern zu beobachten, wo wegen der Fahrzeugabmessungen oft gleich zwei Parkplätze beansprucht werden. Auf die Idee, für derlei „Jagdfahrzeuge" die doppelte Parkgebühr zu verlangen, ist bedauerlicherweise noch niemand gekommen.

Natürlich gibt es auch reichlich Kritik an den wenig umweltfreundlichen Geländewagen, bei denen allerdings eine ganze Reihe von Modellen gar nicht für das Gelände geeignet sind, weil zum Beispiel Allradantrieb gar nicht lieferbar ist. Auch die Serienbereifung der meisten SUV ist für ernsthaftes Fahren im Gelände kaum bis nicht geeignet.

In Punkto Aufgabenverteilung hat sich im Vergleich zur Steinzeit nicht wirklich viel geändert. In aller Regel ist die Frau noch immer mit der „Wartung der Kinder" betraut. Dabei kommt es ihr sehr gelegen, wenn sich ein SUV im Familienfuhrpark befindet. Die Demonstration der Stärke und Überlegenheit lässt sich unschwer morgens vor Schulbeginn und mittags nach Unterrichtsende auf den Zufahrten und Parkplätzen vor den Lehranstalten beobachten.

Es überrascht nicht, dass in einigen Ländern im Zusammenhang mit der verständlichen Kritik an den SUV Spottnamen entstanden sind.

Beispiele:

- Chelsea Tractor (UK)
- Suburban Assault Vehicle
  (USA, etwa *vorstädtisches Angriffsfahrzeug*)
- Børstraktor (Norwegen, „Börsentraktor")
- **Hausfrauenpanzer (Deutschland)**

\*\*\*

## Erdkunde

Nicht jeder denkt gerne an seine Schulzeit zurück, wenn es um das Unterrichtsfach Erdkunde geht. Natürlich gibt es unterschiedliche Auffassungen über die richtige begriffliche Einordnung. So verweisen sicher manche ehemalige Pennäler darauf, dass allenfalls in der Grundschule „Erdkunde" auf dem Lehrplan gestanden hätte, sie aber ansonsten in „Geographie" unterrichtet wurden.

Wer den Sprung in eine weiterführende Schule verpasst hätte, könne natürlich beim Thema Geographie nicht mitreden.

Nun zur Klarstellung: Zweifelsfrei ist Geographie eine Wissenschaft, Erdkunde dagegen ein Schulfach. Im allgemeinen Sprachgebrauch wird die Erdkunde oft mit der Geographie gleichgesetzt. In einigen Bundesländern wird das Schulfach Erdkunde auch (teilweise in höheren Jahrgangsstufen) als Geographie bezeichnet, dieses ändert jedoch nichts an den grundlegenden Unterschieden zwischen der Erdkunde und der Geographie.

Unabhängig von der korrekten Bezeichnung hat die Mehrzahl der ehemaligen Schüler keine guten Erinnerungen an das Unterrichtsfach Erdkunde. Möglicherweise liegt das daran, dass diesem Thema nur bedingt mit Logik beizukommen ist. Um Länder, Städte, Flüsse usw. auf dem Globus richtig zuordnen zu können, hilft nur lernen. Und das ist bekanntermaßen nicht jedermanns Sache.

Nun muss man sich für Schwächen im Fach Erdkunde ganz sicher nicht schämen. Es gibt genügend Beispiele, die belegen, dass man trotz dieses Mangels beruflich durchaus erfolgreich sein, ja sogar höchste Ämter belegen kann. Man denke hier nur an Donald Trump, der in einer Rede Belgien als schöne Stadt bezeichnete. Ebenso überraschend hat er bei einem Empfang afrikanischer Länder Namibia kurzerhand wiederholt in Nambia „umgetauft". Auch als es darum ging, auf welches Land er den Abschuss von Raketen befohlen hatte, nahm er es nicht so genau. Den Unterschied zwischen Syrien und Irak jedenfalls hielt er bei dieser Betrachtung für unwesentlich.

Auch andere Beispiele belegen, dass das im Erdkundeunterricht Gelernte nicht immer Bestand haben muss. Mit Erstaunen wird der eine oder andere festgestellt haben, dass Israel bei Fußball-Europameisterschaften und in der Champion's League, einem europäischen Wettbewerb, mitspielt. Ein Blick in den Atlas beweist: Israel gehört definitiv nicht zu Europa.

Die offizielle Erklärung:

"Es geht, weil Israel Mitglied in der UEFA ist. Das hat historische Gründe. Israel trat zunächst in der asiatischen Gruppe an und die arabischen Länder, die dort auch spielten, weigerten sich, gegen Israel anzutreten. Um dieses Problem zu lösen, haben die Europäer Israel in ihren Verband, die UEFA, aufgenommen. Es sind also politische Gründe, die zu einer Ausnahme von geografischen Zuordnungen geführt haben."

Nun muss sich die UEFA allerdings die Frage stellen lassen, wann das Emirat Katar als Mitglied aufgenommen wird und an europäischen Wettbewerben teilnehmen kann. Schließlich liegt hier eine ähnliche Isolation vor, wie im Fall Israel. Oder genießt Israel wie so oft auch hier eine Sonderbehandlung?

***

„Zwei Dinge sind unendlich, das Universum und die menschliche Dummheit, aber bei dem Universum bin ich mir noch nicht ganz sicher."

Albert Einstein